RELATOS DE UN CONFINAMIENTO FANTÁSTICO

Oriol Font i Bassa

MetamorficaBooks

A Cate y Nil, los mejores compañeros de confinamiento.

A Mercè Cuní, María Arimany y Paco Asensio, en parte, este libro también es vuestro.

LA BOMBA

El día siguiente de caer la bomba, el mundo estaba en silencio.

Ya no había virus.

De hecho, ya no había nada.

PANTALLAS, NOS DECÍAN

Una persona camina por la ciudad. Va despacio. Se detiene un momento. Sigue. Se detiene de nuevo. Saca su móvil. No tiene batería. Avanza unos metros. Se detiene. Vuelve atrás. Mira el nombre de la calle. No le dice nada. No sabe dónde está. De hecho, ni siquiera tiene claro de dónde venía, ni recuerda dónde quería ir.

Es una escena que dicen que es recurrente desde que los extraterrestres llegaron a la Tierra. Fue poco después de encerrarnos en casa. Un virus, nos dijeron. La policía controlaba la gente con imperativos legales en forma de multas de un estado de alarma. Después vino el ejército, con sus hospitales de campaña, que se transformaron en refugios seguros para ellos. Donde los galones pasaban la noche antes de seguirnos cuidando, metralletas en mano, para que estuviéramos encerrados. Por nuestro bien, nos informaban. Los policías ya no tenían autoridad. También estaban encerrados por un estado que ya no era de alarma sino alarmante. Quien salía a la calle, muchas veces, no volvía a casa. Ha sido el virus, nos aseguraban. Y aumentaban un punto más la estadística de desaparecidos que nunca se encontraban.

Éramos como ovejas cansadas y atemorizadas, pendientes de un lobo que no veíamos pero que nos aseguraban que estaba, y que sabíamos que estaba allí, y dábamos las gracias a nuestros vigilantes por salvaguardarnos de todo el mal que había fuera. En una calle que había sido nuestra. En una ciudad que había sido nuestra. En un país. En un mundo que creíamos que algún día volveríamos a poseer.

Mientras nosotros vivíamos la vida a través de una pantalla por donde nos informábamos, mirábamos, charlábamos, rezábamos y hacíamos cosas parecidas a follar; mientras nosotros seguíamos comprando cervezas al por mayor y buscábamos cualquier camello de guardia que nos ayudara a dormir y descansar tanto de noche como de día y las bicicletas estáticas se llenaban de polvo; y mientras nos acostumbrábamos a estar encerrados y callados y tranquilos, la naturaleza se abría camino y recuperaba los espacios que antes habían sido suyos: los pájaros hacían nidos en el centro de las villas, las plantas llenaban el cemento que rebozaba las ciudades, los ríos estaban limpios y los delfines nadaban por los puertos y los jabalíes paseaban por las avenidas.

Y seguíamos dando las gracias y siendo fieles a nuestros líderes salvadores como el perro que después de una paliza a palos sigue poniéndose contento cuando él llega a casa y se levanta dolorido para ir a su encuentro. Porque sabe que es bueno para él. Porque sabe de quién es la comida y la casa. Nosotros también bajábamos la cabeza y nos hacíamos sumisos. Y en nuestros iPads, móviles, ordenadores y televisores vimos las naves redondas que tapaban el sol en súper alta definición. Lo hicimos así, en lugar de sacar la cabeza por la ventana. Seguramente por costumbre. Quizás porque no nos atrevíamos a comprobar que todo aquello era real. Preferíamos pensar que era la octava parte de *Independence Day*. De *Mars Attack*. De *Plan 9 desde el Espacio*.

Y nuestros políticos les salieron a recibir. También lo vimos a través de las pantallas. Parecían inútiles e inofensivos. No llevaban ni mascarilla ni guantes, los extraterrestres tampoco, pero todos pensábamos que aquello era mucho peor que el virus. Y se encajaron las manos. E hicieron una fiesta y un banquete. Y un baile y varias reuniones. Todo televisado. Risas y música y globos y fuegos artificiales que llenaron el cielo de los televisores de chispas de colores. Nos explicaron que los aliens estaban luchando contra el virus con sus armas modernas, con sus agentes químicos de última generación y con una voluntad de otro mundo.

Desde las casas seguíamos la evolución, impacientes por descubrir el final de la película, de la serie documental de moda, del último éxito pop que volvía a reunir ante las pantallas a toda la familia. Como nos contaban nuestros padres. Como cuando los cuentos en los colores cálidos de la chimenea tuvieron que dejar paso a aquellas primeras imágenes en blanco y negro con la familia acurrucada en un sofá donde no cabían todos.

Cada día teníamos doble sesión: la del mediodía y la de la noche. Y, entre ellas, las redes sociales nos mantenían informados de todo lo que iba sucediendo. También había quien decía que no era verdad, que los extraterrestres no estaban aquí para ayudarnos, sino para exterminarnos. La típica resistencia a los cambios que tienen muchas personas que no saben evolucionar, nos decían.

Y nosotros pensamos que toda buena historia debía tener un antagonista fuerte y malvado, y creíamos que quizás lo habíamos encontrado en aquellos ingenuos que pensaban que salir a la calle a matar elefantes con escopetas de balines los haría los personajes principales de una novela que ya estaba escrita.

Colgaban fotografías y artículos donde te aseguran pruebas del mal que estaban haciendo nuestros amigos del espacio exterior, e intentaban que, argumentaban, abriéramos los ojos ante la evidencia.

Fake news, explicaban a las pantallas. *Fake news* provenientes de cuentas fantasma en redes sociales controladas por *bots* que sólo quieren desestabilizar el precario equilibrio de la alianza cósmica. Y debía ser cierto, porque aquellas cuentas desaparecían para no volver a hablar nunca más. Para ser sólo un perfil vacío, desecho cibernético como satélites pasados de moda. *Sputniks* modernos que algún día caerían al mar del olvido.

Desactivados, afirmaba quien sabía de esto. Pero seguíamos teniendo enemigos, aunque más débiles de lo que cualquier buena película quisiera pedir, porque lo único que hacían era fundar cuentas nuevas cada día. Y algunos preguntaban que, si todo aquello era cierto, como era posible que no saliera a la luz. Y las cuentas fantasma respondían que salía a la luz cada día pero nadie les creía.

Y soltaron nuevas *fake news*. Unas que hablaban de la proliferación de personas que caminaban por la ciudad. Que iban despacio. Que se detenían un momento. Que continuaban. Que se detenían de nuevo. Que sacaban su móvil. Que no tenían batería. Que avanzaban unos metros. Que se paraban. Que volvían atrás. Que miraban el nombre de la calle. Que no les decía nada. Que no sabían dónde estaban. Que, de hecho, ni siquiera tenían claro de dónde venían, ni recordaban dónde querían ir.

Ellos lo llamaban nueva normalidad.

COPIAR, HACER, REPETIR

El futuro llega. Antes o después siempre llega, y casi nunca es como lo imaginabas.

Esta es una historia de un futuro que seguramente ninguno de vosotros viviréis, porque, desgraciadamente, la muerte siempre nos atrapa después de darnos una vida de ventaja. Pero no es una historia de muerte, sino de vida. De la maravillosa vida que tenemos ahora que los robots trabajan para nosotros. Cada humano, un robot. Cada robot, un puesto de trabajo. Cada persona, un sueldo a fin de mes para no tener que preocuparse de nada. Los robots están en las líneas de producción, conduciendo los transportes públicos, operando los hospitales, limpiando casas y cuidando los viejos. Robots que hacen todos los trabajos para que nosotros, los hombres y las mujeres, podamos dedicarnos a las dos únicas cosas que ellos no pueden: el arte y la filosofía. Poesía, literatura, escultura, pintura, música... Los robots no saben crear, sólo copiar, hacer y repetir. Tampoco saben pensar: instalas un programa y el robot actúa, sin cuestionarse ni los motivos, ni las consecuencias, ni el porqué de lo que está haciendo. Sólo copia, hace y repite.

Sí, este es el futuro. Un futuro que creamos con nuestras mentes humanas, después de mil debates interminables en ágoras repletas de diálogos constructivos de gente enérgica y de donde salieron razonamientos y teorías perfectas e irrefutables.

Repito: razonamientos y teorías perfectas e irrefutables.

Razonamientos y teorías que se pusieron en práctica sin tener en consideración una pequeña, una minúscula variable: que el ser humano siempre es perfecto e irrefutable en todos los razonamientos y en todas las teorías.

Hasta que se ponen en práctica y resulta que el ser humano, siempre será humano, y nunca será perfecto ni irrefutable.

Fue justo después de la pandemia de 2020, esta que ahora estáis viviendo y que ya os digo yo que va para largo y que los que viváis suficiente, veréis cosas peores. El caso es que estas mentes brillantes de las que hablábamos asesoraron a políticos igualmente astutos, estrategas les decían algunos, y los hicieron ver que con el teletrabajo no era suficiente. Que muchos empleos quedaban huérfanos o que muchas vidas corrían peligro si seguían apareciendo nuevos virus. Un riesgo que quedaba patente con la cantidad de microorganismos que contenían los laboratorios de biología experimental, de gobiernos oscuros y de farmacéuticas indocumentadas en países más o menos laxos.

Y con la misma velocidad con que se hicieron las fallidas vacunas, se destapó toda la ciencia de inteligencia artificial que estaba cerrada a cal y canto en cajones de despachos sin nombre en la puerta. Un conocimiento que se creía que la humanidad no podría soportar y que causaría la extinción de la que era la especie dominante. Ishmael y Marta, así quieren que les llamemos, ya no lo vivieron.

De esta manera comenzó aquel mundo idílico donde cada humano tenía un robot. Cada robot, un puesto de trabajo. Cada persona, un sueldo a fin de mes para no tener que preocuparse de nada, sólo de pensar y crear. Las izquierdas más comunistas, naturalmente, pusieron el grito en el cielo, porque El trabajo dignifica y Nuestro sudor nos hace libres, pero unos sobres bien repartidos entre las voces más altas acallaron los susurros de la calle y comenzó no sé qué nueva revolución.

El trabajo de los humanos, pensar y crear, se convirtió en bares llenos, alcoholismo por las nubes y superpoblación por causa de la fornicación excesiva y la seguridad de una vida solucionada, sólo compensada, en parte, por la alta tasa de suicidios. Robots en paro por falta de trabajo. Humanos sin robots porque, o bien se les estropeaban los que poseían y no tenían dinero para arreglarlos; o bien las nuevas generaciones ya no disponían del robot que dio el gobierno a sus padres. Humanos que querían volver a las líneas de producción porque no tenían nadie que trabajara para ellos. Humanos que trabajaban por una miseria o de manera clandestina para llevar un sueldo a casa y un plato en la mesa.

Ishmael lo hizo. Trabajaba en naves oscuras y sin ventanas, repletas de gente haciendo trabajos peligrosos en condiciones insalubres. También podías hacer trabajos desde casa, naturalmente sin contrato. Pocos humanos tenían robot. Pocos robots tenían trabajo. Y los bares se vaciaban y se llenaban las trastiendas donde sólo entrabas si sabías contraseñas ingeniosas. La resistencia. La Tierra por los humanos. Máquinas al contenedor. Sin piezas no hay máquinas. Y el clásico y desfasado Muerte al capitalismo que alguien encontró en un viejo libro que se salvó de las inundaciones.

Atentados. Bombas. Cortocircuitos. Destrucción… y todo un abecedario de agresiones.

Por suerte seguían existiendo mentes pensantes. Pocas. De hecho, menos de las que había antes del Gran Cambio. Pero ahora eran casi figuras divinas por la mediocridad que había invadido el resto de la población. Hombres y mujeres sanos y atléticos. *Mens sana in corpore sano*. Hacían subir la media de edad y llegaban hasta los setenta y ochenta años. Eran los ancianos y ancianas de la tribu. Aquellos que hablaban de tiempos remotos en los que aún no habíamos nacido.

Moderados. Calmados.

Ellos fueron los encargados de buscar soluciones para cambiar las normas del juego.

Pero siempre olvidando, o no queriendo aceptar, que los humanos somos la variable que falla.

Y modificaron las leyes. Y negociaron los convenios. Y los humanos pudieron volver a las líneas de producción. Un treinta por ciento podían ser humanos. El resto debían ser robots. Es lo que marcaba el convenio. Muchos ya no se sublevaban. Siempre había exaltados, pero las masas estaban calmadas.

Ahora se luchaba por la paridad.

Y en este mundo está él. Ishmael. Un pensador. Un artista. Un filósofo. Que no tiene tiempo para dedicarse al arte ni a la filosofía porque trabaja poniendo tornillos en una fábrica de robots para las clases más acomodadas. Pero, como he dicho, también es un pensador, y su trabajo mecánico, si algo le permite, es pensar. Tiene doce horas al día (es el turno mínimo establecido por convenio) para pensar. Pensar en cómo meterse pequeñas piezas y componentes en el bolsillo sin que los robots de su alrededor y los que están en el piso de arriba, en aquellas oficinas que ve a través de los cristales, se den cuenta. Piezas que en casa monta según un minucioso esquema que encontró hace ya tres años descartado y listo para reciclar. Algún día acabará y tendrá un robot que trabajará para él. Y podrá dedicarse al arte y a la filosofía, piensa. Pero, de momento, sigue trabajando sus doce horas y en dedica seis más a su proyecto. Dos para ir y volver del trabajo. Cuatro para dormir. Son pocas, demasiado pocas, pero la recompensa vale la pena. Pieza a pieza crea el esqueleto. Cable a cable, las conexiones nerviosas. Los sentidos: tacto, olfato, oído y vista. Como todos los robots. Y este también tiene el del gusto. No conoce ninguno que tenga el sentido del gusto. ¿Por qué necesitan gusto los robots si no comen? Y le hace ilusión que aquel pueda ser el único robot en el mundo con gusto. ¿Y si también pensara? ¿Y si algún día se emocionara con un poema suyo o con una pintura? ¿Y si reconociera la belleza de la escultura? Ahora está fabricando la unidad central. El cerebro del robot. Es lo que más piezas necesita. Las que más le cuestan de encontrar. Ha hecho un rinconcito, algunas las tiene que comprar y son tan baratas como legales. Callejones oscuros. Esquinas poco transitadas.

Los camellos también siguen siendo humanos.

—No me pides cosas fáciles.

—Si fueran fáciles no te las pediría.

(Silencio)

—¿Lo tienes?

—Sí, pero piensa que es experimental. Nadie sabe demasiado cómo reaccionará cuando le pongas.

—Lo tendremos que intentar.

—Vigila.

—¿Ahora te preocupas por mí?

—No, me preocupo por mí. No sé qué vas a hacer ni si me puedo ver salpicado.

En su época, en las esquinas de barrios poco recomendables buscaba maría con resultados similares. Sí, él no es de este mundo que estamos viviendo. Él nació hace más de un siglo, en 1981. Se suicidó en plena pandemia de la Covid-19 y despertó en un cuerpo que no era el suyo en esta era de máquinas ricas y personas pobres. Él era de cuando los explotadores llevaban traje y corbata y no eran de chatarra reluciente.

Pensaba que se despertaría al lado de su amada, el amor de su vida, que reencontró en pleno confinamiento. Solo en casa, se dio cuenta que realmente estaba solo. Cuando no estaba en la oficina, leía, escribía o se dedicaba a su arte que sabía que no valía nada. Pero daba igual, porque nadie compartía su vida y, por tanto, nadie lo vería nunca. No expuso ningún cuadro. Ni recitó ningún poema a una mujer. Ni hizo ningún intento de enviar su novela a una editorial. Creando tenía suficiente, pero veía que, sin el trabajo, se sentía vacío. Un recurrente dolor en el pecho le hizo pensar en ir al médico, pero lo atribuyó a la ansiedad de la situación.

Llenar la cuenta corriente con más ceros de los que podría gastar le había hecho sumirse en un estado de euforia no apoyado por sus relaciones. Relaciones de una hora con mujeres a las que daba limosna por el sexo, pero entonces ni las putas trabajaban. Todo el mundo estaba encerrado y se comunicaba por redes que él sólo conocía de oídas.

Se hizo una cuenta en Twitter, pero sus escritos de nuevo cuerpos no provocaban ninguna reacción.

En Instagram se perdía con tantas actividades como podía hacer.

Cuando llegó a Facebook comenzó a encontrar su sitio. Unos amigos lo llevaban a otros y a otros. Pronto tuvo más amigos de los que había tenido nunca No hablaba, pero se sentía menos solo sabiendo que todo el mundo lo estaba pasando mal.

Las noticias buenas no las quería leer. No quería saber cómo de bien estaba la gente mientras él estaba tan jodido. Quería sangre. Quería tortura. Quería soledad y quería sufrimiento. Y eso se lo daba aquella red social que cada día le enseñaba que gente bajo el título de "Quizás conozcas a ..." y que él interpretaba como "Quizás está más jodido que tú ...". Le daba igual si lo conocía o no, miraba su muro, y si estaba deprimido, pedía su amistad. O si sentía angustia. O si no sabía cómo saldría adelante. O si el ERTE no llegaba y mucho menos el dinero a final de mes. O, sus preferidos, los que daban gritos de auxilio para no suicidarse. Uno de estos era una. Una chica que había conocido hacía mucho tiempo. De la que se enamoró locamente. Una mujer que le rompió un corazón que nunca más había podido pegar.

Marta. Dulce. Tímida. Sensible. Apasionada. Visceral.

Felix Baumgartner rompía la barrera del sonido con una explosión. Ishmael había llegado al área de servicio en busca de café y se encontró un grupo de gente mirando un pequeño televisor que había en una esquina tocando el techo. Baumgartner se levantó, las puertas se abrieron y saltó desde el espacio. Con su mono de RedBull, una bebida que en la época de Ishmael decían que te daba alas y que las demandas la llevaron a la quiebra. A nadie le salían alas. A Baumgartner tampoco, porque caía. Y se desestabilizó. Y ella cogió a Ishmael del brazo. No la conocía. Tampoco al que gritaba "¡Estabilízate, vega, tú puedes!", como si Félix pudiera oírlo.

Félix, así le llamaba el que gritaba.

RedBull fue sólo una de las marcas que cayeron por culpa de demandas estúpidas. Tiempo al tiempo. Los humanos somos así.

Quizás el que gritaba y Félix se conocían, pero el

Ishmael no conocía a nadie y menos a aquella mujer que lo cogía del brazo y que con el tiempo se convertiría en el amor de su vida.

Se estabilizó, rompió la barrera del sonido, desplegó el paracaídas y aterrizó sin problemas. Ishmael hubiera muerto en el salto, si hubiera conseguido saltar tras superar el vértigo. Félix incluso caminaba por la pista.

—Así lo recuerdo, pero tampoco es importante —le explica el Ishmael a su robot mientras atornilla las piezas—. No sé si fue así, pero me tendrás que creer. Estaba todo en internet. Era divertido navegar, no sé porque no lo han vuelto a inventar. También había porno, pero este es otro tema. Mucho porno. Tampoco entiendo porque no la han vuelto a inventar.

Ishmael está a punto de terminar su máquina, su futuro, y, mientras, le cuenta su pasado durante el medio año que tarda en hacerlo funcionar.

—Ella seguía pegada a mi brazo y no me soltó. Me pidió disculpas, pero no me soltó. Tomamos café. Y tortilla de patatas hecha con huevos y patatas. ¡No te sorprendas! Antes teníamos animales que usábamos a nuestro antojo: los criábamos y les poníamos nombres. Y los matábamos y nos los comíamos. Otros eran parte de la familia. Estos no nos los comíamos, aunque muchas veces no estaban muy bien tratados, pero decíamos que los queríamos si no salían muy caros, o tenían operaciones muy caras, o cogían enfermedades que necesitaban de tratamientos muy caros, o nos cambiábamos a una casa más cara que no admitía animales. Entonces también los matábamos, pero con pena. Los sacrificábamos. Así lo llamábamos.

Sí, los humanos también somos así.

Bebieron café y se dijeron sus nombres. Hicieron el amor en el coche cuando se hizo de noche y nunca más se separaron.

Hasta que se separaron y una pandemia y Facebook los volvió a unir. Primero con mensajes cortos de cortesía. Las ganas de Ishmael de ayudarla en sus planes de suicidio como venganza por lo que le había hecho dieron paso a la compasión, y también a que su corazón se fuera recomponiendo muchos años después. En unos días hacían chats en directo. Una semana tardaron en comenzar con el Zoom. Nueve días con el sexo cibernético. Diecisiete en saltarse el confinamiento y que ella dejara su piso con balcón de dos por uno con vistas a los ladrillos del lateral del edificio de enfrente de una calle estrecha y se mudara a vivir a la casa de él, con jardín y piscina climatizada que llenaron de agua porque Ishmael nunca tenía tiempo de utilizarla.

En mi futuro, Ishmael está esperando que se instale la última actualización del software de Toni. Sí, así le puso de nombre a su robot. Mira el cielo negro y rojo y los pasos de la gente borracha que quedan a la altura de sus ojos. Lo que había sido su casa ya no existe, ahora vive en un sótano oscuro y pequeño y húmedo que se inunda cada vez que llueve porque las tuberías de la calle están llenas de plástico, latas y botellas. Los robots no dan abasto a limpiar todo lo que los humanos ensucian.

Toni se pone en marcha a pleno rendimiento, e Ishmael tarda diecinueve meses en encontrarle trabajo.

Mientras supera la ITR (Inspección Técnica de Robots) para que le hagan el contrato fijo, Ishmael espera en los sofás de la recepción y piensa en lo primero que hará. Limpiará la casa, eso seguro. Después se dedicará a su arte. Montará rincones para cada especialidad y se dividirá los horarios trabajando las mismas doce horas que ha trabajado hasta ahora.

Toni comienza a facturar un trece de diciembre. Llueve. Ishmael hace sus primeros poemas, teñidos de la melancolía y emoción por todo lo que perdió durante su largo sueño. Por lo que dejó atrás. Por haberse despertado solo, sin su amada.

Ishmael y Marta pasaron un mes maravilloso en aquella casa donde ella nunca hubiera soñado vivir. Bebían, comían, nadaban y follaban. Y ninguna de estas cosas era excluyente de la otra. Y hazme otro suquet de pescado. Y abre esa botella. Y te espero desnuda en la piscina a que termines de cocinar. Y no tardes que quizá empiezo sin ti. Pero ella se apagaba cada vez que encendía la televisión o escuchaba la radio. Aquel macabro minuto y resultado de muertes y hospitalizados la tenía enganchada y, al mismo tiempo, la cautivaba de tal manera que la depresión que le había llevado a pensar en el suicidio volvía y aumentaba con cada gol que subía al marcador.

La vida para Ishmael tampoco era tan de color

de rosa como aparentaba ante ella. El dolor en el pecho, que pensaba que era ansiedad, se había convertido en un cáncer metastásico si lo ligaba con el resto de dolores secundarios que internet decía que debía tener y que poco a poco fue notando.

—Esta vida es una mierda —decía ella.

—Sí —respondía él.

—¿Te imaginas ponerse a dormir y que nos despertásemos en un futuro maravilloso? —decía ella.

—Sí —respondía él.

Pero cada día se despertaban en el mismo presente decepcionante de cierre forzado y miedo a la muerte.

Durante las semanas que siguen, durante el invierno y buena parte de la primavera, Toni trabaja. La lírica de Ishmael mejora y su prosa da un salto desesperado hacia cotas que nunca había divisado. Pero no es suficiente. Debe seguir. Progresar. Toni sale cada mañana. Llega de noche. Se desconecta y a la mañana siguiente vuelve. A final de mes, el dinero llega a la cuenta de Ishmael. Todo va bien.

La escultura y la pintura se le resisten.

De música no sabe nada.

Los primeros calores que preceden el verano están llegando como quien no quiere la cosa. Ishmael llora con una poesía que acaba de escribir cuando Toni llega a casa.

—¿Qué haces?

—Lloro.

—¿Lloras?

—Sí.

—¿Por qué?

Todas sus conversaciones empiezan igual.

—Me he emocionado con unos versos que he escrito.

—¿Qué significa emocionar?

—No intentes entenderlo, está reservado sólo a los humanos. Es nuestro reducto diferenciador.

Se desconecta después de limpiar el polvo de los engranajes. Ishmael va a comprar. Quiere celebrar con una buena comida su arte. Un suquet de pescado. Un buen vino. Como a ella le gustaba.

Marta le enseñó la pantalla del iPad. "¿Listo para una nueva vida? Crionización". No salió en las noticias, pero aquel marzo, las empresas que ofrecían crionización hicieron su agosto entre los viejos adinerados que querían descubrir la eternidad en la Tierra. Ofrecían la congelación entera y también sólo la del cerebro. Se decantaron por esta última, no por el dinero, porque a Ishmael no le faltaba, sino porque con el cáncer galopante que él sospechaba que tenía, su cuerpo no se podría aprovechar por ninguna parte.

A Marta su cuerpo nunca le había gustado.

Un suicidio rápido con pastillas después de un buen vaso de leche para evitar los vómitos, y a esperar la larga noche y que los de la empresa no fueran unos piratas y los vinieran a buscar a la hora convenida antes que los tejidos se empezaran a pudrir.

Cuando Ishmael volvió a abrir los ojos, se encontró con un cuerpo nuevo en un mundo donde sin robot no eras nadie. Y sin su mujer, que había sido descongelada tiempo atrás y que ninguno de los androides de la oficina se dignó a darle un sitio o un teléfono donde localizarla.

Los aromas llenan la casa. El tomate. La ñora. El cabracho y el rape. El caldo. Todo muy caro y la mayoría de contrabando. Los años montando a Toni le han dado algunos contactos. Degusta el vino cuando nota que Toni le observa. Está despierto, conectado.

—¿Qué haces?

—Como.

—¿Comes?

—Sí.

—¿Por qué?

—Los humanos necesitamos comer para vivir. Es como tú cuando cargas las baterías.

—Pero estás emocionado. Lo noto en tu tono de voz.

—Es posible. Comer también puede ser un placer más allá de una necesidad.

—¿Lo puedo intentar?

—No sé si puedes, pero lo que es seguro es que no lo entenderás. No estás programado.

—Noto el olor y me provoca algo que no había sentido nunca. ¿Lo puedo intentar?

—Puedes.

Se acerca y se sienta a la mesa. Coge el tenedor. Come.

—¿Y bien?

—No lo sé. En mis archivos no hay nada que describa esto. Mis chips procesan toda la información y se saturan. No están preparados. Sin embargo, la tarjeta de salvamento no emite ninguna señal para que me detenga y el indicador de falta de energía está apagado. Creo que necesito una revisión.

—Un momento. Prueba el vino.

Da un trago.

—¿Y ahora?

—Creo que cada vez funciono peor, pero no hay ningún aviso del servicio técnico. Mejor que m e apague.

Ishmael se queda delante de aquella máquina sin vida, saboreando los últimos trozos de pescado y patata. Echa de menos la televisión tanto como la compañía humana. Tanto como a Marta, y le escribe unos versos antes de irse a dormir.

Una vida sin ti.
Unos instantes a tu lado.
Una muerte juntos.
La esperanza de un futuro mejor.
Y despierto solo.
En un futuro desolado.
Y muero por un segundo a tu lado.
Pero vivo otra vida sin ti.

Lo despierta un llanto metálico. En el comedor, Toni vuelve a estar conectado sentado a la mesa.

—¿Qué haces? —le pregunta Ishmael.

—Lloro.

—¿Lloras?

—Sí.

—¿Por qué?

—Me he emocionado.

—¿Puedes emocionarte?

—Al parecer, sí. ¿Lo has escrito tú?

—Sí.

—¿No habría sido mejor vivir lo que te quedaba con ella que no esta vida?

—Sí.

A PRECIO DE SALDO

El confinamiento pasó.

La pandemia terminó.

Y el científico escribió un breve texto en la sección de anuncios por palabras del único periódico que quedaba vivo:

Vendo máquina del tiempo por no poder asumir mis errores pasados.

CURIOSIDAD CIENTÍFICA

¿Sabe los experimentos que hacen los niños con las judías y el algodón? Pues podríamos decir que todo empezó de una manera similar.

El inicio de la trama fue hace aproximadamente dos meses, cuando invitamos a cenar unos amigos en casa. Vivo en el centro, en una casita vieja, como las de los alrededores. Hay algunos pisos también bajos de los años 70 y cada día más solares y construcciones nuevas. Sabe dónde le digo, ¿verdad? Bajando por la calle que sale de la iglesia, para que se haga una idea. Pues bien, allí estábamos, varias parejas de hace años y con meses sin vernos. El menú no es importante, ¡pero le diré que las carrilleras de cerdo me quedaron buenísimas! Las hago guisadas con mermelada, pero eso no viene al caso, aunque si quiere la receta, ya se la escribiré.

La cena se alargó y pasamos cuentas con unas botellas de vino con las que hacía tiempo que teníamos temas pendientes. Celebramos el reencuentro con cava. Y después, los hombres, porque esto es cosa de hombres, salimos a hacer las copas de rigor acompañadas de unos habanos gentileza de la pareja de Igualada. Hacía frío, pero mi señora dice que los cigarros dejan mal olor en casa. ¡Qué sabrá ella! Pero hay cosas sobre las que es mejor no discutir. Las mujeres, mientras, hacían conversación de sobremesa, supongo que criticando a sus maridos que, como habrá deducido, éramos nosotros y que copa tras copa me vaciaron el mueble bar.

—Sinceramente, no sé dónde quiere ir a parar, de momento aquí no veo nada denunciable…

—¡Claro que no, esto sólo son los antecedentes! No sé si tiene importancia, pero era noche de cuarto creciente. Lo digo porque creo que todos los detalles son importantes. Bueno, seguimos.

A mí nunca se me ocurriría hacer caso de los anfitriones cuando dicen aquello de No hace falta que nos ayudéis a recoger, pero no sé si tengo malas amistades o que el estado de embriaguez en el que se encontraban hizo su educación más laxa. El caso es que cuando fue hora de irse, ninguno de ellos hizo el gesto de entrar ni una de las copas.

—¡Eso tampoco es un crimen!

—Tipificado no, aunque los buenos modales no deberían perderse con tanta facilidad. Pero por favor, no me interrumpa que se me olvidarán los detalles.

Al cerrar la puerta y con los invitados fuera, decidimos recoger lo indispensable de la mesa para hacer más salubre la estancia y acostarnos. Siempre con el convencimiento de que, al día siguiente, a primera hora, acabaríamos de despachar todo el asunto. Las copas de fuera, allí se quedaron, en la mesa auxiliar.

Por la mañana era sábado y, al levantarnos, nuestro estado no nos permitió cumplir con las obligaciones del hogar. Ya se sabe, la edad no perdona los encuentros con amigos que se alargan demasiado. No voy a entrar en detalles, pero le diré que fuimos de la cama a la mesa, de la mesa al sofá y del sofá a la cama, con algún que otro viaje y carrera al retrete. Y allí nadie había entrado lo que había quedado en la terraza.

Durante la madrugada del segundo día se puso a llover. Primero creí que sería una lluvia de invierno, de las que apenas mojan el suelo, pero no fue así. Llovió hasta bien entrada la tarde. ¿Y a aquellas horas quién recoge? Pues nadie en una casa de orden, y allí se volvieron a quedar las copas y los vasos.

El lunes, como cada semana y por suerte, comenzaron los días laborables. Naturalmente, como nos pasa a todos, lo último que tienes ganas de hacer cuando llegas a casa después de toda la jornada es limpiar. Haces lo más urgente, y aquellos vasos no lo eran. Así que se pasaron toda la semana al calor del sol y a la luz de la luna. Llena algunos días. Se lo cuento porque supongo que las condiciones ambientales son importantes.

—¿Importantes para qué?

—No sea impaciente. Si no le cuento todo esto no entenderá lo que pasó después.

El fin de semana siguiente, la pareja de Igualada nos devolvió la invitación, y fuimos a su casa a comer. Bueno nada, se lo diré en pocas palabras: una comida muy mejorable tanto en calidad como en cantidad, una compañía pesada y un mueble bar escaso hicieron que a las cinco de la tarde ya estuviéramos de vuelta con el estómago vacío y la cabeza enturbiada por el matarratas al que ellos llamaban vino. Y, por supuesto, tampoco limpiamos. Me refiero a que no limpiamos los vasos de casa, porque en su apartamento no quedó ni uno sucio. Ya le digo yo que, a mí, el alcohol no me hace olvidar mis obligaciones ni me dobla la voluntad.

—¡Podríamos ir al grano!

—Ya no queda demasiado, no se ponga nervioso. ¿Quiere ir a buscar un café o un refresco?

—¡No! ¡Quiero que me explique por qué ha venido a comisaría!

—Y es lo que estoy haciendo. ¡Piense que todo lo que le estoy contando le será de gran ayuda!

Era otra vez lunes. No le volveré a explicar qué ocurre en las casas formales los días de trabajo en relación con las tareas del hogar. Seguro que en su casa pasa lo mismo.

La semana fue bastante ventosa, por si lo quiere apuntar. Detalles, detalles... Pero, aparte de eso, no pasó nada que considere destacable para lo que nos interesa en este momento. ¿Le parece que pasemos el fin de semana siguiente?

—Nada me gustaría más...

—¡Muy bien! Lo ve, ya nos vamos entendiendo.

Pues saltamos al fin de semana siguiente. Si lo recuerda, fue el del inicio del confinamiento. Hacía aquel sol suave de algunos días de primavera y mi señora pensó que aprovecharía para sentarse un rato en la terraza ya que tampoco teníamos nada mejor que hacer. Pero su felicidad fue efímera cuando vio que teníamos los vasos todavía por limpiar sobre la mesilla. ¡Esto yo no lo toco!, me dijo. ¿Se lo puede creer? Yo en ese momento tampoco, pero salí fuera y lo entendí. Aquello no era trabajo para una mujer. Y menos para una mujer con las manos delicadas como es la mía. ¿Está casado?

—No.

No importa, aún es joven. Supongo que sabrá qué es la manicura francesa, ¿verdad? Pues ella la lleva. ¡Y de uñas naturales! Que son suyas, me refiero, que no son de estas postizas que ahora están tan de moda. Bueno, es igual. Vi que aquello era un trabajo que sólo un hombre podía hacer.

En el fondo de los vasos ya no había líquido, ni hielo, ni limón, ni menta, ni sal, ni azúcar, ni ninguna de las especies y alcoholes que habíamos dejado de ingerir. Allí había una especie de pasta formada por todo eso y agua de lluvia, polvo, plumas de pájaros, alguna ramita, hojas y no sabría decirle qué más. En el cristal se había quedado una costra gruesa, oscura y seca.

Siempre he tenido curiosidad científica. Mis padres no me pudieron pagar buenos estudios y tuve que ponerme a trabajar muy joven, pero siempre me hubiera gustado estudiar química, o biología, o veterinaria... De hecho, no dejo pasar ni un documental. Y de vez en cuando, me gusta hacer algún experimento como...

—¿Esto tiene algo que ver con el caso que nos ocupa?

—Pues sí. Y si no me hubiera interrumpido ya lo sabría. Si me deja se le contaré...

—Por favor...

Pues bien, miré todos los vasos y localicé uno con bastante, digamos, suciedad y bastante agua, y lo dejé donde estaba. Decidí que sería mi proyecto científico para los días que durara este cierre forzoso. El resto de vasos y copas las recogí y lavé. Le aseguro que tuve que lo dejar en remojo un buen rato y frotar mucho. ¿Mucho! De verdad. Y no quiero pecar de vanidad, pero lo cierto es que, cuando terminé, lucían como nuevos.

—Felicidades...

—¡Gracias!

—No sé si me perdonaré por preguntarle esto, pero, ¿y con el vaso que quedó fuera?

—Buena pregunta, veo que empieza a saber por dónde voy...

—Ni por asomo...

El vaso de fuera se quedó allí aproximadamente un mes. Lo observaba cada día investigando sus evoluciones. Miraba si había organismos vivos, el estado de descomposición de hojas, ramas y plumas... y lo apuntaba todo en un dietario. Se lo he traído. Aquí lo tiene. Si lo quiere hojear, es libre de hacerlo. Seguro que le irá bien para la investigación.

—¿Investigación? ¿Qué investigación?

—La que tendrá que abrir.

—¿Por qué?

—Ya llegamos...

Como le decía, cada día anotaba las variaciones que observaba. Hasta que el día 10... ¿Puede abrir el dietario para el día 10?

—No hay nada…

—¡Correcto!

—¿Qué quiere decir?

Que nada es lo que me encontré. Sólo el vaso y ni rastro del experimento. Sólo una marca marrón a nivel de donde había estado el líquido, y nada más. De acuerdo que tuvimos noche de luna llena y que fue un día caluroso, ¡pero no tanto como para evaporarlo todo!

—¿Así quiere denunciar el robo de su experimento?

—¿por favor! Si todo fuera tan sencillo… No era un experimento importante, sólo un divertimento.

—¿Pues entonces qué quiere denunciar?

—No se ponga nervioso, que ahora verá cómo los acontecimientos se aceleran. Los antecedentes y los detalles son indispensables para que entienda bien lo que pasó a continuación.

Cogí el vaso y lo limpié. Como los demás. Limpio. Perfecto. Cenamos y a dormir. Mi mujer respiraba fuerte, ya sabe que las mujeres no roncan, pero a mí me despertó una voz. Al principio no sabía lo que decía. La oía lejana. Atenuada. Pero de repente la oí en mi cabeza. Clara, sin ninguna distorsión. Aquella voz me decía "Mata a Enriqueta. Mata a Enriqueta".

—¿Cómo?

—Perdone, tal vez usted no sabe quién es Enriqueta… Es mi vecina. Una anciana que vive en la casa de al lado. Si lo mira, verá que tenemos algunas denuncias interpuestas entre nosotros… Bastantes de esta época de confinamiento, ya sabe, la convivencia es difícil. Pero piense que son poca cosa, disputas de vecinos... ¿Quién no ha denunciado nunca al suyo? Yo pensaba que las denuncias ayudaban a la buena vecindad. Que hacían que conocieras a quién tienes alrededor. ¡Que unían al barrio! Pero el caso es que no nos unieron demasiado... De hecho, no tenemos... ¿cómo decirlo?, buena relación. Bueno teníamos...

—¿Como dice?

—¡No me interrumpa! Bastante difícil es para mí sin sus constantes interrupciones...

—Pero es que...

—Calle, por favor. Gracias.

Aquella voz me decía "Mata a Enriqueta". Aquel pensamiento, porque yo creía que era un pensamiento fruto de un sueño, me trastornó y decidí levantarme, beber un poco de agua y ponerme algún documental en la televisión para serenarme un poco. Pero el sueño me venció y pasé la noche en el sofá con el canal Historia susurrándome al oído.

No le di más importancia hasta la noche siguiente, cuando en la oscuridad y entre el silencio en que se había quedado la ciudad desde que el coronavirus llegó, de nuevo aquella voz me habló. "Mata a Enriqueta. Mata a Enriqueta". Agucé el oído. "Mata a Enriqueta. Mata a Enriqueta". Estaba claro, alguien me hablaba y no sabía quién era. Mi señora dormía y yo tenía la boca bien cerrada. Allí había alguien más.

Me desperté en el suelo, con el hombro magullado, pero sin oír ninguna voz. No quise preocupar a mi mujer y no le dije nada. Durante el día oía la televisión de Enriqueta y el flamenco que ponía por encima de los gritos del telediario. Había pasado mala noche y no podría hacer la siesta por culpa de aquel cante jondo enlatado. Sin poderlo evitar, la rabia me invadía. Mi señora me intentaba calmar, pero lo conseguía a medias. A las nueve, los gritos del otro lado de la pared pararon y yo decidí ir a dormir y mi mujer me acompañó. Nunca le ha costado dormirse y en menos de cinco minutos su respiración cambió hacia la del sueño profundo que se me metía al cerebro como nunca antes me había pasado. Pero sus ronquidos, sí, lo siento, aquello eran ronquidos, no estaban solos. "Mata a Enriqueta. Mata a Enriqueta. Tú me has creado, ahora me toca a mí ayudarte. Mata a Enriqueta. Mata a Enriqueta".

De repente, sin yo quererlo, mis músculos comenzaron a funcionar solos. Mi cerebro no los movía. Era otra cosa que los hacía funcionar. Estaba como poseído, pero, al mismo tiempo, era plenamente consciente de todo lo que pasaba. Aquella cosa, porque no lo sé con certeza pero casi seguro que era lo que desapareció del vaso, resulta que cobró vida y se metió dentro de mí. Sé que Aquella Cosa no es una buena descripción para una rueda de reconocimiento, pero, ahora mismo, es de la única manera que se me ocurre para describirla. Lo siento.

Pues aquella cosa me hizo entrar en casa de la vecina por la terraza con una agilidad de la que no me creía capaz; me hizo caminar por las diferentes estancias con un sigilo que nunca había tenido; y me hizo ahogar con una almohada a Enriqueta con una fuerza que nunca hubiera sospechado que se pudiera encontrar dentro de mí.

—Me está diciendo…

—Ya termino, un momento.

A la mañana siguiente, es decir, hace dos días, me desperté en mi cama. Cansado. Sudado. Como quien ha pasado una mala noche. Un sueño espeluznante, pensé. Me duché y fui a trabajar como si nada. Pero al volver a casa no escuché la televisión de Enriqueta. ¡Y se oye, todo el barrio la oye! Pero ese día no. Ayer, sus persianas no cambiaron de posición y la televisión tampoco se escuchó.

Esta noche, no podía dormir pensando que tal vez no había sido un sueño y que tal vez, realmente, había matado a Enriqueta. Cuando mi señora ya dormía, más silenciosamente que en los últimos tiempos, he vuelto a hacer el mismo camino que había hecho, en sueños o no, dos noches antes.

—Pero…

—Lo sé, las normas que nos hemos dado no nos permiten salir de casa si no es un caso de necesidad. Pero créame, éste lo era.

Todo me ha costado mucho más: saltar el muro, caminar sin hacer ruido… Pero, desgraciadamente, todo era tal como lo recordaba. Esto me ha preocupado, porque nunca antes había estado en casa de Enriqueta, y me ha provocado un sudor frío y un escalofrío por toda la espina dorsal.

La puerta de la habitación estaba abierta y, al asomarme, he visto la vieja boca arriba en su cama, inmóvil y con una almohada sobre la cara. He vuelto a casa y, cuando se ha despertado, le he explicado a mi esposa la misma historia que le estoy contando a usted. Ella, creo que muy acertadamente y con un raciocinio exquisito, me ha animado a que lo viniera a denunciar rápidamente. Que podía ser peligroso y que lo tenía que poner en manos de la autoridad competente. Y aquí estoy.

—Entonces, ¿usted ha venido a confesar un crimen? ¿Que ha cometido un asesinato?

—Veo que no ha entendido nada…

—¡Pues explíqueme!

—¡Es lo que llevo rato haciendo! Pero me parece que no lo quiere entender…

Mi único crimen, si es que es un crimen, es la curiosidad científica. Si cree que mi crimen fue el asesinato, piense que es lo de menos. De hecho, tal vez fui físicamente el ejecutor, pero no fui más que un instrumento. ¡Yo no maté Enriqueta! Válgame Dios. ¡Sería incapaz! ¡Lo que le estoy diciendo es que esta cosa va sola por el barrio y quién sabe si ya por la ciudad! ¡Le estoy diciendo que cacen esta cosa! Porque si no, no será el único asesinato que habrá… Estoy seguro.

Esta fue mi conversación con la policía y ésta exactamente fue la declaración que firmé en comisaría y también ante el juez, un señor muy educado, todo sea dicho, y que enseguida se hizo cargo de la situación y decidió protegerme dejándome pasar la siguiente noche ya en prisión, pero me recalcaron que era una situación provisional, a la espera del juicio, donde supuse que tendría que ir a declarar y señalar, sin temor ni dudas, esa cosa como autora material del crimen.

El ambiente no es al que estoy acostumbrado: delincuentes comunes sedientos de sangre y riquezas.

—¿Perdona?

—No va por ti, tranquilo. Ya me has explicado que estás aquí por error. Que eres inocente. Pero no me gusta pasarme los días confinado al lado de los otros.

La investigación sobre el crimen de Enriqueta está en curso, pero parece que la única fuente de información que tienen soy yo, ya que, en lugar de darme informes sobre lo que descubren, una pareja, que parecen más médicos que policías, me piden todo lo que recuerdo sobre el caso. Sé que creen que ahora hay cosas prioritarias, pero un asesino corre solo por el mundo y atraparlo debe ser lo más importante.

NOCHES DE LUNA LLENA

SECUENCIA 1 / INTERIOR PISO - COCINA / DÍA
Uri, 38 años y de complexión fuerte, sentado en la mesa de la cocina habla a cámara.

Uri
¡Hola! Pues yo el confinamiento lo llevo bastante bien. Soy autónomo y trabajo desde casa, por lo tanto, al tema de no salir ya estoy acostumbrado. Además, como tampoco hay trabajo, aprovecho para estar más con mi mujer, Caterina, y jugar con mi hijo de tres años, Nil. Siempre he sido muy de niños.

SECUENCIA 2 / INTERIOR PISO - COMEDOR / DÍA
Se ve a Uri, en el sofá, mirando Instagram en el móvil y tirando una pelota de tenis en el Nil para que la vaya a buscar. Se gira a cámara.

Uri
Le gusta mucho jugar con la pelota, y como todavía no llega la luna llena, yo también puedo jugar. Ah, sí, no os lo he dicho: soy un hombre lobo.

(INSERTO)

Uri de espaldas. Se gira hacia cámara y simula que se está transformando. Para.

Uri
Ahora acojona poco, pero con el pelo y los colmillos... ¡No reiríais tanto!

(FIN DEL INSERTO)

SECUENCIA 3 / INTERIOR PISO - COCINA / DÍA

Uri
La mayor parte del mes estoy bien, pero cuando se acerca la luna llena... Te pasas una semana que es como si te tuviera de venir la menstruación. Estás más irascible, notas más olores...

(INSERTO)

Uri olfatea el aire desde el sofá y pone cara de asco.

Uri
Nil, ¿estás haciendo caca?

Nil (en off)
¡Sí!

(FIN DEL INSERTO)

Uri
Se te aguza el oído.

(INSERTO)

Uri se acerca a su mujer, que está escuchando música con los auriculares.

Uri
Perdona cariño, ¿podrías bajar el volumen
de los cascos? Es que me molesta...

(FIN DEL INSERTO)

Uri
Y noto todos los matices de los sabores...

(INSERTO)

Uri prueba la comida y se queda pensativo.

Uri
No has echado sal, ¿verdad?

(FIN DEL INSERTO)

Uri
Hubo una época en la que a mi mujer le venía
la regla la misma semana de luna llena. Era
duro porque los dos estábamos a la que saltaba:
gritos, ronquidos, mordeduras, arañazos...
¡Y claro, yo me tenía que defender!

(INSERTO)

Uri de espaldas. Se gira hacia cámara y simula que
se está transformando. Para.

Uri

De verdad que cuando lo hago bien, acojona...

(FIN DEL INSERTO)

SECUENCIA 4 / INTERIOR PISO - COCINA / DÍA

Uri

Lo que quería explicar es que, en las noches
de luna llena, me marcho al Pirineo de Lleida,
arriba de la montaña, para no hacer daño a nadie.
Bueno, creo que no hago daño a nadie, pero
paso quince días sin poner la tele ni escuchar
las noticias por si dijeran que algún perro ha
atacado a alguien. Prefiero no saberlo.
El caso es que ahora, con el confinamiento,
no me puedo ir, y me tendré que quedar
en casa, con lo que puede conllevar para el
bienestar de mi familia. Por lo tanto, tengo que
encontrar alguna manera para protegerlos.
Mi mujer lo lleva bien, me apoya
en lo que hago y en lo que soy.

Caterina

Sí, ¿qué quieres que te diga? ¿Ahora quieres
que cambie? ¿Ahora que lo tengo más o menos
educado? ¡Sí hombre! ¡Sólo son cuatro o cinco días
al mes que Uri está insoportable! Si supierais lo
que me cuentan mis amigas sobre lo que hacen

sus maridos, veríais que no es para tanto.

SECUENCIA 5 / EXTERIOR - TERRASSA / DÍA

Uri habla apoyado en la barandilla de barrotes metálicos de la terraza.

Uri

Lo sé, debéis tener muchas preguntas en torno a la vida de los hombres lobo. Yo también las tenía, me refiero a cuando me convirtieron. Por suerte, se lleva un registro de los nuevos, y desde la Asociación se pusieron en contacto conmigo para hacerme la Formación Básica de Hombre Lobo (FBHL). Lo sé, el nombre se lo podrían haber currado un poco más, pero me lo encontré hecho. No, no es gratuita, pero crean una necesidad y aprovechan este nicho de mercado. Por suerte es online y lo he ido siguiendo estos días y he podido estar en contacto con la manada.
Si queréis os cuento cuatro cosas importantes que seguro que os rondan por la cabeza.

LA INMORTALIDAD
(TÍTULO SOBREIMPRESO)
Dicen que sí, pero que no todo el mundo. Vamos, que nadie te asegura nada. Yo soy de nueva hornada, de hace pocos años, por lo tanto, aún no sé si soy inmortal o no.

CÓMO MATARNOS
(TÍTULO SOBREIMPRESO)
Pues balas de plata y cortando la cabeza.

A ver, tampoco es tan raro ni es algo que me preocupe como hombre lobo: si fuera humano, las balas de plata y la separación de la cabeza del resto del cuerpo también me mataría.

CÓMO SE CONTAGIA
(TÍTULO SOBREIMPRESO)
Por la mordedura. Pero si te matan en el ataque, te mueres. Quiero decir que los hombres lobo no estamos muertos. No somos como los vampiros o los zombis (sí, también existen, pero no son de fiar). Estamos vivos, pero simplemente tenemos un virus que se transmite por la saliva al torrente sanguíneo. Y hablando de virus...

LOS HOMBRES LOBO Y EL CORONAVIRUS
(TÍTULO SOBREIMPRESO)
Tampoco hay nada seguro. De momento no hay registros de ningún hombre lobo infectado, pero esto, de momento, sólo quiere decir que no hay ningún hombre lobo infectado, no que seamos inmunes. Tampoco tengo ningún amigo humano infectado, y no quiere decir que no pueda infectaros...

SECUENCIA 6 / EXTERIOR - BALCÓN / DÍA
Uri, Caterina y Nil aplauden a los sanitarios a las ocho de la tarde en el balcón. Pasa un hombre que saluda a Uri.

Uri
¡Adiós!
Sí, sí, ya hablaremos.

Uri se gira a cámara.

Uri

Este hace tiempo que me persigue para
que lo convierta. Es muy pesado… No me
veo toda la eternidad a su lado.

SECUENCIA 7 / INTERIOR PISO - ESCALERA INTERIOR DEL PISO / DÍA

Uri

Pues bien, quedan tres días para la luna llena y
lo único que se me ocurre es atarme a la barandilla
de la terraza. Esto de atarme ya lo hago a veces: si
me altero, me excito demasiado, me pongo muy
nervioso… En estos momentos puede haber como
un inicio de transformación, que generalmente
se queda en eso, pero se han dado casos de
transformación sin luna llena. Así que me ato aquí
en la barandilla de la escalera. Ya tengo preparada
la correa y el collar. Algunas veces me salen garras
o se me ponen largos los dientes. ¿Veis, aquí, en esta
puerta que hay marcas? Son de una vez que me pasé
de frenada… Pero lo más común son cuatro pelos
que luego no se van y me los tengo que arrancar.

(INSERTO)

El Uri busca desesperado por el lavabo.

Uri

Caterina, ¿has vuelto a coger mi *Silkepil*?

(FIN DEL INSERTO)

Uri

Y hablando de pelos, tengo dudas de si se
caen o se reabsorben. Nunca me he atrevido a
preguntarlo a la Asociación. Cuando estoy por
el bosque, me despierto desnudo y sin pelos.
Alguno he encontrado por alrededor, en el suelo,
pero no suficientes como para decir que se me
caen. Será interesante de ver. Ahora tocará buscar
con qué me puedo atar, porque cadenas no
tengo y tampoco podemos salir a comprar, está
prohibido... ¡Aunque siempre nos queda Amazon!

(INSERTO)

Uri está en el ordenador buscando productos en
Amazon.

Uri

Nada, no me aseguran que lleguen antes de
la luna llena. Aparte, ¡cuestan una pasta!

Caterina (en off)

¡No seas tacaño, que es para protegernos!

Uri (a cámara)

Ni caso, miraré que encuentro por casa.

(FIN DEL INSERTO)

SECUENCIA 8 / INTERIOR PISO - VARIOS ESPA-

CIOS / DÍA

Secuencia de montaje donde toda la familia se dedica a revolver cajones y armarios. Al final, cada uno enseña lo que ha encontrado. Caterina aporta cuerdas y trozos de ropa vieja. Uri, bridas. Nil aparece con unas esposas forradas con fieltro rosa. Caterina y Uri se ponen rojos y luego blancos cuando Nil pregunta:

Nil

¿Para qué sirven?

Caterina

Cosas de mayores, hijo, cosas de mayores...

(INSERTO)

Uri de espalda. Se gira hacia cámara y simula que se está transformando. Para.

Uri

¡Ya veréis mañana por la noche!

(FIN DEL INSERT)

SECUENCIA 9 / EXTERIOR - TERRAZA / NOCHE

Caterina está atando con todo lo que tiene a Uri en la barandilla de la terraza. Va desnudo. Un vecino los ve y se los queda mirando.

Caterina

Tranquilo, es sólo un juego sexual, ya sabe, el aburrimiento del confinamiento tiene estas cosas...

Vecino

¡Qué me vas a contar! Si te explicara
lo que me pidió mi señora…

Caterina

No, no, no… ¡No hace falta! Pero si oye
gritos esta noche, no haga ni caso. Y, si puede
ser, déjenos un poco de intimidad.

**SECUENCIA 10 / EXTERIOR - TERRASSA / MA-
ÑANA**

Caterina abre la persiana. Las barandillas
metálicas han cedido y Uri no está. Durante la transformación de la noche ha conseguido escapar. Mira a
su alrededor y no lo ve.

Caterina

Espero que no se haya comido
a demasiada gente…

Suena el timbre. Caterina corre a abrir. Uri está
desnudo en la puerta y tiene un poco de sangre en la
cara, las manos y el pecho.

Caterina

Uri…

Uri

Perdona, no he cogido las llaves.

Caterina

¡No seas capullo!

Uri
¿Paso? Hace frío y no llevo la mascarilla.

Caterina
Pasa. Esto de atarte a los barrotes no ha funcionado. Tenemos un mes para hacerlo mejor, porque me parece que esto del confinamiento va para largo.

Uri
Sí... Pero preferiría que no pusiéramos
la tele en unos días...

Caterina
¡Sin problema, para lo que hay que ver!

TE NEGARÉ HASTA QUE CANTE EL GALLO

De todos los muertos que hubo durante la pandemia, no hubo ninguno que se fuera negacionista.

Quizás sabían algo que a los demás se nos escapaba.

O tal vez, cuando contraían el virus, dejaban de negarlo.

ACEPCIONES DEL
VERBO CORRER

La primavera no llega cuando lo dice El Corte Inglés. Ya no.

La primavera ahora llega cuando las ranas cantan cachondas buscando una hembra a la que aferrarse.

Y hoy cantaban. ¡Vaya si cantaban!

He ido a correr en un día y a una hora donde, en otros tiempos, sólo se debería haber corrido delante de la policía. Pero he ido. Y por gusto. Porque va tocando cuidarse un poco y tener tiempo para uno mismo. Que perder una hora puede querer decir aprovechar más el resto del día. Y por los caminos que bordean el río he visto las primeras mariposas que ya han salido de su capullo. Y los primeros hormigueros haciendo pequeños conos volcánicos por doquier. Y los ciempiés negros que salen en manadas. Y los árboles que se empiezan a teñir de verde para darnos un lugar a la sombra cuando, dentro de no demasiado, nos hayamos hartado del sol y pidamos a gritos otoño.

Y si hubiera ido por la noche, los primeros mosquitos. Esto no cambia por más que nos esforcemos.

Pero era mediodía, y el sol calentaba el parque y el estanque donde hacía meses que no se oía nada más que el rumor del viento sobre el agua y algún grito lejano de incautos amenazados.

Pero hoy, el pequeño lago ha revivido y las ranas cantaban desesperadas. Como si les fuera la vida en cada grito.

En cada nota.

En cada croada.

Y he recordado cuando cazaba renacuajos en la balsa de la casa familiar. Y las comidas bajo el tomatero. Y la carne a la brasa. Y los caracoles de la abuela. Y el Sin novedad en el frente del abuelo. Y cuando se hacía el dormido en el sofá, pero escuchaba todas las conversaciones de la sobremesa.

Ya no queda nadie.

Ni siquiera creo que quede la casa.

Y he recordado las tardes por el campo de avellanos. Construyendo arcos y flechas.

Y espadas y escudos.

Y cabañas.

Y entonces también corríamos. Como hoy. Pero de otra manera. Corríamos a escondernos. A tocar la pared. A esquivar las flechas. Pero corríamos. Y no nos hacía falta salir a correr.

Y también he recordado aquel verano en el que descubrimos que las chicas existían y tenían pechos. Y desde entonces no nos las hemos podido sacar de la cabeza. Y menos estos días que, como mariposas, también salen de su capullo de abrigos oscuros y bufandas densas y nos regalan los ojos con su belleza. Con su feminidad. Y los chavales, como ranas cachondas, se quedarán afónicos buscando una hembra. Como se ha hecho siempre. Como hemos hecho todos.

Esto tampoco cambia.

Y corríamos a buscarlas. Y corríamos a casa después de correr en el entrenamiento porque se nos había ido el Santo al cielo cuando las habíamos visto. Y queríamos correr de otra manera. Pero ellas no. O decían que no querían. Pero el hecho es que no nos dejaban.

Y de mayores, seguíamos corriendo. Seguíamos corriendo porque llegábamos tarde. Corríamos para coger el tren. Para llegar a la reunión. Para que no nos cerraran las puertas del teatro. Para recoger a los niños. Para cruzar la calle antes de que se pusiera en rojo. Corríamos con el coche. Con la moto. Queríamos que el tren fuera más rápido. Que el metro no se detuviera. Corríamos por la vida sin saber que estábamos corriendo. Que la vida se iba a cada paso y que no la recuperaríamos. Quemábamos la vida sin disfrutarla en lugar de parar y caminar.

Y observar.

Y mirar.

Y escuchar.

Y sentir.

Y ahora, cuando queremos desconectar, seguimos corriendo. Nos vestimos para morir y buscamos empaparnos de sudor, como cuando éramos pequeños y los indios asediaban el fuerte. Y buscamos empaparnos de sudor, como cuando éramos adolescentes y volvíamos patinando a casa de noche después de un primer beso. Y buscamos empaparnos de sudor, intentando, con cada gota que sale de nuestro cuerpo, expulsar el adulto con problemas que somos y recuperar aquel niño feliz que un día fuimos. Y por unos minutos lo conseguimos. Los problemas se desvanecen. Sólo somos nosotros y el camino. Un momento solo con uno mismo. Con nuestro esfuerzo físico. Creciendo. Haciéndonos fuertes. Disfrutando del momento.

En cada paso pesado.

En cada respiración profunda.

En cada latido acelerado.

Superándonos. Yendo más allá.

De vez en cuando tenemos que esquivar algún zombi. Pero son lentos porque no se cuidan. Al final, las vacunas no fueron tan buena idea. Pero sólo se comen aquellos que todavía creen que se puede luchar contra ellos, cuando lo único que tenemos que hacer es como cuando éramos pequeños. Correr y escondernos y construir cabañas en árboles bien altos. Como cuando éramos adolescentes y buscábamos pareja. Como cuando nos hicimos adultos y nos tuvimos que encerrar en casa y sólo salir para ir de compras y para correr. Como hoy.

Para sentirnos vivos.

Para sentirnos libres.

Para sentirnos niños otra vez.

Pero el sueño se termina cuando sales de la ducha y te miras al espejo. Y te ves más gordo. Más mayor. Más cansado. Y te das cuenta que por más que corras, no te moverás de dónde estás. Que no es otro lugar que aquel punto donde no tienes tiempo para parar y escuchar las ranas cantar porque se te podrían comer. Pero no puedes evitar que un extraño sentimiento de melancolía te atraviese todo el cuerpo pensando en qué preciso momento decidiste silenciar el niño y hacer caso sólo al adulto. Aquel momento en que lo hiciste callar. Que lo acallaron. Aquel punto donde la vida te impide tener vida porque el mundo se infectó y murió. Porque renació con otra forma. Una que quizás era menos terrible, pero daba más miedo. Donde los buenos y los malos no estaban claros. Donde pasamos de verdugos para convertirnos en víctimas. En presas. En carnada que se tira al mar para atraer a los tiburones.

La depresión entra dentro de ti mientras recuperas el aliento que has dejado por los caminos.

O tal vez sólo es astenia primaveral...

Y es que la primavera ha llegado. Lo han dicho las ranas.

WHISKY DE SANGRE

Que dos vampiros vayan por la calle buscando una víctima no es nada que nos deba sorprender, pasa cada noche. Pero sí que sorprende cuando lo hacen en pleno confinamiento por una pandemia mundial que nos ha encerrado a todos en casa.

De acuerdo, dirás que ellos no pueden morir por ningún virus, y tendrás razón. O dirás que, si son lo suficientemente viejos, seguro que ya han pasado por otras y quizás de mucho peores, y también estarías haciendo una afirmación cierta. ¿Pero qué me dices de que vayan completamente bebidos, vestidos de mujer, con zapatos de tacón, una bufanda de plumas rosa y que la policía los detenga y se los lleve con el coche patrulla justo antes del amanecer? Ya veo, aquí las cosas te empiezan a no cuadrar.

Todo ha comenzado poco después que el sol se fuera a dormir. Vladimir se ha despertado con un año más. No un año más en el reino de las sombras, él nunca lo ha celebrado porque cree que su transformación sólo fue una evolución natural de la vida. Un cambio como quien se compra un coche nuevo, encuentra un nuevo empleo o se divorcia. No, él seguía celebrando el día en que su madre le trajo a este mundo en aquella Siberia helada de principios del siglo XIV. Hoy cumplía setecientos diez años y, como cada década desde que lo convirtieron, había contratado a un pintor para que le hiciera un retrato.

Creía que no poderse ver en los espejos era la peor maldición que le habían impuesto. Ni la vida de oscuridad, ni beber sangre, ni matar. Nada podía compararse con no poder ver su rostro. No saber si vas bien peinado, si te ha salido un grano o si tienes un moco pegado al bigote desde que Napoleón hizo prácticas de tiro con la Esfinge en Egipto (los historiadores dicen que es sólo una leyenda, pero él siempre ha asegurado que estuvo allí y que la nariz de la mujer-león estaba intacta antes que el emperador pusiera la primera rueda de su artillería en aquel desierto).

Tampoco era que los vampiros que veía cambiaran tanto a lo largo del tiempo, así que decidió que era suficiente con que cada año se hiciera un retrato por algún pintor con referencias, un pintor realista con madera para captar los detalles y plasmarlos sobre la tela. Posteriormente fue espaciando más el tiempo, viendo que los cuadros no dejaban de parecer copias de copias de copias. Cada dos años. Cada cinco. Cada ocho. Y, finalmente, cada diez. Un número redondo que le permitía ver como la vida iba endureciendo, no tanto su piel, como sí sus facciones, que pasaron de ser frescas y andróginas, a duras y peligrosas. La muerte se palpaba en aquellos ojos cada día más hundidos en las vidas que había quitado.

Al principio repitió de pintores. Les cogía confianza y creía que, cuando su imagen pasaba por el filtro de la edad de los artistas, le plasmaban detalles que, aunque no fueran reales, lo hacían envejecer ligeramente. Como si el tiempo, para él, no se hubiera detenido a los veintidós dos años. Una vez el pintor veterano moría, uno nuevo ocupaba su lugar, y el efecto rejuvenecedor que le producía recuperar el aire de post-adolescente atractivo era mejor que cualquier droga que nunca había probado.

Siguió este proceso varias generaciones, hasta que la Inquisición quiso hablar con él por una denuncia de brujería de parte de Armando do Santos, el aclamado pintor portugués residente en la Castilla Católica y que lo había pintado tres décadas seguidas "sin notar el menor atisbo de vejez en su semblante". La sangre clerical no le desagradó, pero la de artista la encontró dulce, y el sabor al plomo de los óleos le conferían un aroma único. Desde ese momento decidió que, cuadro pintado, artista comido, dejando huérfanos de carrera a prometedores pintores de todas las épocas.

Esta mezcla de sangre y plomo le hizo reflexionar y quiso probar otros maridajes, todos ellos prometedores, pero con resultados muy diferentes. De los metales pesados, el único con posibilidades era el plomo; con las verduras y hortalizas, el sabor terroso de la remolacha le sorprendió. Con las carnes y los pescados no notó diferencia. Deleitaba a sus víctimas con copiosas comidas a base de los platos más exquisitos preparados con el ingrediente que quería saborear, y los dejaba macerar dos días para que la sangre se impregnara de su sabor. Aparte de gran cocinero, se convirtió en un gourmet del líquido vital, muy lejos de sus congéneres que sólo querían satisfacer sus ansias de muerte.

Pero hoy no había mezclas. Hoy esperaba la visita de un joven pintor con credenciales impecables que se anunciaba en las páginas por palabras y en las farolas de la ciudad desolada por esta nueva peste que les había tocado vivir a una generación de imbéciles que creían que el mundo era suyo y se lo podían follar cuando quisieran. Y, de hecho, lo hacían cada día.

A cada año que pasaba, matar le parecía más un acto de justicia.

El artista se llamaba Piero Constanza, no se paró a reflexionar si era un nombre artístico o debería quitar el polvo al florentino que había aprendido unos siglos atrás. Tampoco sabía si se estaba saltando el confinamiento o era autónomo y podía pasear cuando el resto de la población estaba encerrada en casa. Le daba igual: que pintara y a cenar.

A las ocho y media de la tarde, el timbre sonó. Vladimir no es de aquellos vampiros que vive en casas que se caen a pedazos llenas de telarañas y humedad. Lo había intentado en su juventud, pero las fiestas locas, el sexo desenfrenado y el compañerismo con absolutos desconocidos no le compensaba el hecho de tener que vivir rodeado de mierda. Era vampiro, no un pordiosero cualquiera que le basta con un ataúd en el suelo y sangre de rata para el desayuno. Es cierto que durante aquella época hizo muchas locuras, y que todas ellas las disfrutó, y bebió sangres que no habría soñado, pero dejó esa vida y sus amigos de entonces para intentar escalar en su estatus social.

Tampoco es de los que vive en lujosas mansiones o áticos en la parte alta de la ciudad. Él es de clase media, como la mayoría. Con apariencia de trabajo estable. De vida sencilla, sobria pero cómoda. De partidos de fútbol entre semana y comida precocinada las noches ante la última serie de moda. Vive en un piso modesto, de un barrio modesto, de una ciudad modesta. Su hogar está limpio y, según le dijo el de la inmobiliaria, Durante el día tiene mucha luz. Es una lástima que tenga estos horarios tanto esclavos y sólo pueda venir a visitarlo de noche.

En su habitación tapió las ventanas por dentro. Por fuera, seguían las persianas bajadas. Dejó un ladrillo suelto para poder quitarlo y mirar a la calle para comprobar que realmente era de noche y no se llevara un disgusto al abrir la puerta porque se había olvidado de dar cuerda al reloj o habían cambiado la hora y no se había enterado. Conocía muchos amigos que habían muerto por esta costumbre estúpido de hacer salir el sol antes o después según plazca a los caprichos humanos.

El timbre volvió a sonar y, antes de abrir, miró que el comedor estuviera ordenado y puso en su lugar unas revistas que sobresalían de la mesa. Colgadas de las paredes, las mejores obras que le habían hecho. Cinco. Con trajes de épocas diferentes y peinado según el gusto de aquella generación. Vidas pasadas que a los pintores les decía que eran sus antepasados. Tradición familiar desde siglos inmemoriales de hacerse un retrato a los veintidós años.

En el rellano de la escalera, un hombre con un caballete, una tela, una caja que suponía habría pinturas y pinceles y la mascarilla de rigor que le tapaba media cara. Un momento de sorpresa y enseguida se presentó como Piero Constanza, artista plástico y creativo visual de tendencias. Le ofreció agua, pero la rehusó. Como no tenía nada más, aparte de la sangre que guardaba en la nevera, decidieron empezar.

Vladimir se sentó en el sillón con orejas que había entre las pinturas de 1870 y 1630. Y se quedó quieto, observando, mientras Constanza preparaba los utensilios.

—¿Antepasados suyos?

—Sí, es una…

—Tradición familiar, supongo.

—Correcto.

—¿Todos a la misma edad?

—Así es.

—Por su aspecto… ¿Diría que los veintidós dos?

—Buen ojo.

—Gracias, me dedico a esto.

Piero cambió algunas luces de lugar e indicó en qué posición debía quedarse Vladimir. Un boceto a carboncillo. Unas pinceladas rápidas. Unos difuminados con los dedos. Y el cuadro ya estaba. No tardó más de cinco minutos.

—¡Aquí lo tiene! —y lo giró hacia Vladimir.

Un muñeco hecho con tres palos y una redonda. El vampiro se levantó enfurecido decidido a comérselo allí mismo sin ni siquiera pedir explicaciones. Pero el pintor se echó a reír sin poder parar.

—Quería seguir, de verdad que sí. Quería pintar más tiempo y ver cómo hacías toda la orquestación de la escena, pero no he podido, lo siento… —y siguió riendo.

—Pero, ¿qué estás diciendo? ¿Quién eres tú? —Vladimir se puso en guardia.

—¿De verdad que no me conoces, Vladimir? —y se quitó la mascarilla.

—¿Paolo?

—¡Cuánto tiempo viejo amigo!

—No hagas la broma de que parece que hayan pasado siglos que está muy vista…

—Ya, pero es cierto. Siento haber desaparecido de aquella manera.

—Tranquilo, aquella comuna desapareció al poco tiempo. Me fue bien, así no les tuve que decir adiós, el caso es que tampoco lo aguantaba.

Un abrazo, unas preguntas de cortesía y pronto estaban sentados en el sofá con unas copas de AB cosecha de 1981.

—Es buena esta sangre —comentó Paolo—. Pero seguro que tienes algo mejor, ¿verdad?

—No sé a qué te refieres…

—Vladimir, que nos conocemos. ¿Qué tienes en la bodega? ¡Todavía recuerdo aquella noche en México! Bueno, recuerdo el principio de la noche, porque el final está bastante borroso…

Y es que el vampiro no se quedó sólo con los maridajes alimenticios, sus grandes obras, y las que le dieron un nombre en algunos sectores de la noche, fueron sus maridajes alcohólicos. Sangre destilada, la llamaba, aunque de destilación no hacía ninguna, pero si hubieran acercado una cerilla a sus víctimas seguro que habrían quemado durante tres días.

—Sí, yo también tengo recuerdos difusos… ¿Fue en el siglo XVI?

—Creo que sí.

Hizo falta macerar un joven campesino durante cinco días con el mejor tequila de la época, pero el resultado fueron cuatro litros de sangre de una graduación de 30 grados. La noche siguiente se despertaron con un dolor de cabeza terrible y con los primeros brotes de las Epidemias de Cocoliztli. Siempre han pensado que fue casualidad, pero ninguno de los dos pondría la mano en el fuego.

—Para celebrar que nos hemos vuelto a encontrar, te serviré mi última creación: Whisky de Sangre. Hecho con un Oban de dieciocho años y una chica de veintitrés.

Vladimir se levantó y volvió con dos copas y una botella cubierta de polvo.

—La guardaba para una ocasión especial, y esta creo que lo merece —y sirvió para ambos.

—No sé si tendremos suficiente con una botella —comentó Paolo—. ¡Está deliciosa!

—Sí. El sabor a madera vieja y a algas le da unos tonos inconfundibles.

—No entiendo tanto para apreciar estos matices, pero creo que es tu mejor creación.

—Tengo tres botellas más, no sufras.

Y las tres botellas llenaron de inhibición aquellos cuerpos muertos hace muchos años. Y como ocurre siempre, las ideas locas son directamente proporcionales a los litros de alcohol ingeridos, y decidieron romper el confinamiento. Y decidieron olvidar las distancias de seguridad. Y decidieron que sería buena idea acercarse al barrio acomodado, escalar una fachada y saborear alguna viuda rica que les llenaría los labios del perfume caro que se había puesto para ir a dormir.

—Así llenaremos un poco el estómago…

—Sí, y caminar también nos irá bien para que la cabeza vuelva a su sitio.

Eran exactamente las cuatro de la madrugada, la calle estaba más muerta que ellos y el paseo, más que hacerles bajar el enturbiamiento cerebral, dio tiempo al resto del alcohol para instalarse con fuerza en el ático oscuro que era su cerebro.

Subieron por la tubería que desaguaba la terraza del quinto piso de un edificio con un bedel que dormía en su puesto de trabajo. Paolo aseguraba que hacía días que observaba la mujer gorda que vivía allí como aquel coche que siempre ves en el escaparate del concesionario y crees que nunca podrás comprar.

La noche calurosa les dio una ventana abierta, y el olfato, la ubicación precisa de la inquilina. Era gorda y muy grande, y no sólo por la grasa que le colgaba de los brazos y el cuerpo, también era alta, con los pies inmensos y unas manos que te podían tumbar de un solo golpe.

Mientras Vladimir le tapaba la boca, Paolo hizo el primer bocado con sabor a París. Elixir de amor. Calor de treinta y siete grados que bajaba por su esófago y le ensanchaba un poco más el estómago todavía lleno de los restos del Whisky de Sangre.

Cuando ambos estuvieron satisfechos y la mujer descansaba inerte hundida en su colchón viscoelástico, revolvieron el armario y encontraron ropa buena. Y zapatos de marca. Y diademas de oro con incrustaciones de perlas.

Quizás hicieron más ruido de lo que pensaban y de lo que era recomendable; o quizás algún vecino con insomnio estaba fumando en el balcón cuando ellos empezaron el ascenso a su Everest particular. Pero las luces azules y el sonido de las sirenas de policía inundaron la habitación donde los dos vampiros vestían sus mejores galas de la señora que se acababan de comer.

El alcohol se les bajó de golpe, pero quizás no tanto como hubieran querido y necesidado, porque en su huida fueron a parar justo en medio de un grupo de policías que se estaban preparando para entrar derribando las puertas que hicieran falta , y cuanto más mejor, que para eso se habían entrenado toda la vida.

Sentados y esposados en el asiento posterior del coche patrulla, los dos amigos veían como el sol salía lentamente por el horizonte.

—Para ser la última noche, no ha estado mal —susurró Paolo a Vladimir.

—Nada mal.

—Por cierto, que no te lo he dicho, felicidades por tu cumpleaños.

Cuando llegaron a comisaría, los agentes sólo encontraron los dos pares de esposas enterradas bajo un puñado de cenizas.

CUANDO EL MUNDO SE VAYA A LA MIERDA, LOS SCOUTS DOMINAR LA TIERRA

Nos encerraron en las ciudades. Esta vez de verdad. La pandemia se volvió incontrolable, los hospitales estaban llenos y el bien de la mayoría fue prioritario al de la creciente minoría.

Construyeron muros y alambradas alrededor de algunas ciudades para que nadie entrara y, sobre todo, nadie saliera. Los guardas custodiaban las entradas y hacían el camino de ronda por el perímetro. Terminada la obra, nos encerraron dentro a todos los que estábamos infectados. Dejados allí para morir. Nos aseguraban que, si nos curábamos, podríamos volver a la vida de libertad, pero de allí no salía nadie. Sólo entraba gente, cada día más.

Yo fui uno de ellos y una de las ciudades cerradas fue Granollers. Allí fui a parar. Allí volví. Antes de la pandemia, antes de que nos echaran para crear este retiro público, este parque temático de la enfermedad del siglo XXI, yo vivía allí. Personalmente, habría apostado por cerrar Mollet, pero se ve que el Decathlon pudo más que la Porxada: el consumismo siempre ha interesado más que la cultura.

Hacía muchos años, había vivido en el centro, en un piso pequeño y cómodo, pero cuando me presenté, otra familia ya vivía en mi casa. Infectados de una ola anterior. Comían con mis platos y dormían en mi cama y estaban sentados en mi sofá. Ricitos de oro pandémicos que me habían dejado sin hogar.

Era libre para hacer lo que quisiera: sin familia, sin leyes y, naturalmente, sin más policía que los que vigilaban que no saliésemos. Algunos negocios volvían a funcionar, porque la comida que nos arrojaban desde los helicópteros era escasa y monótona, así que los huertos urbanos comenzaron a proliferar y las tiendas de comestibles a llenarse. Dinero no había, pero quien más quien menos encontraba en casas ajenas y vacías algo con lo qué pagar.

Necesitaba un lugar para vivir, y pensé en la casa de Can Ramodea, una de esas casas que sólo la consigues si la heredas. Y si la has heredado, también necesitarás un buen colchón de dinero para pagar los impuestos que te caerán encima. Antigua, que no vieja, señorial, en el centro de la ciudad, con un mirador donde habría las torres del castillo de Drácula, y unas puertas dignas de la mejor fortificación... Pero estaban reventadas. Alguien se me había adelantado.

Por suerte, en la Fonda Europa acababa de quedar una habitación libre para un inquilino que había decidido salir por la ventana. Aún estaban recogiendo los restos pegados al suelo para hacer morcillas variadas.

Allí no se tiraba nada. ¿Sabes lo de los tiempos de guerra y los panecillos? Creo que estoy mezclando frases hechas, pero ya sabes por donde voy.

Con la seguridad que te da una habitación con baño, sólo me quedaba encontrar un medio de vida para mantenerme. Quien llevaba tiempo allí, ya había robado suficiente y lo había cambiado por otras cosas que luego volvería a cambiar para seguir con la rueda. Pero los recién llegados no teníamos nada. Sólo nuestras pesadillas, como los demás. Desvelarse por la noche entre llantos y sudores fríos era la pandemia de la pandemia. Las noches de todos los que estábamos encerrados allí.

Vivía de las limosnas que algunos todavía daban. Durante el día, paseaba por las calles que me habían visto crecer y que me sabía de memoria. También robaba lo que podía, de joyas a comida, de juguetes a piedras de río. Allí todo tenía un precio. Por las noches volvía a mi habitación en la Fonda y, durante las horas de insomnio, oía el llanto de aquellos que también se alteraban, quizá soñando con los suyos que estaban fuera o con los desconocidos que estaban dentro.

Un nuevo día comenzaba, ya no sabía ni cuántos llevaba. Por la calle nadie iba con mascarilla. No hacía falta, no había nadie contagiado. Los que no habían superado la enfermedad, habían muerto; los que sí, ya éramos inmunes. Encontré trabajo con un vendedor que tenía un puesto de trastos que cambiaba por otros trastos que en tiempos pretéritos no habrían tenido ningún valor. Se decía Miquel y me hacía trabajar mucho y me pagaba con comida. También me iba bien porque así tenía alguien con quien hablar y con quien desahogarme. En ese momento no me hacía falta más, pero de vez en cuando encontraba alguna tontería que me gustaba y me cabía en el bolsillo y que nunca llegaba a exponerse en la parada. Poco a poco me estaba haciendo mía la habitación de hotel impersonal. Figuritas sobre la caja que había puesto a modo de repisa; una colección de cristales de botella de todos colores, un pequeño atrapasueños en la pared de encima el cabezal; una flor de plástico para dar un poco de vida... Pero ni así conseguía dormir.

—¿Cuándo llegará una nueva remesa de contagiados? Hace tiempo que no llega ninguna... —le pregunté a Miquel.

—No creo que vengan más.

—¿Por qué?

—Antes venían cada semana, luego cada dos. Hace más de tres meses que no entra nadie. Ni siquiera creo que haya guardias en la puerta. Nos han dejado aquí a nuestra suerte. Seguramente sobrábamos.

—¡No puede ser, me dijeron que cuando estuviéramos bien podríamos volver!

—Llevo más de un año aquí, y sólo saldrás cuando te mueras y si realmente el alma existe, porque tu cuerpo fertilizará los huertos.

—¿Y nunca has intentado salir?

—¿Para qué?

—¡Para volver a ser libre!

—¿Libre? ¿Qué dices? Fuera está el virus, aquí estamos todos bien. ¡Quién sabe cómo están los demás! Nadie intenta salir, porque todo el mundo tiene miedo de lo que se encontrará. Es igual que haya o no guardias.

No me lo quería creer. Me resistía a creerlo, pero era cierto. Sobrábamos y nos habían encerrado allí a nuestra suerte. Fuera del mundo. En una sociedad paralela que acabaría muriendo de hambre, de guerra o por alguna enfermedad que, no sería extraño, estaría causada por la insalubridad en la que vivíamos.

Cuando me fui, paseé por los límites de lo que ahora y para siempre sería mi mundo. Caminé todo el perímetro y no vi ni un guarda. Ni un policía. Ni un militar. Nadie nos vigilaba, pero las vallas seguían igual de altas, igual de infranqueables. Y las puertas igual de cerradas que cuando me dejaron allí y se fueron con el camión.

La noche no fue mejor que las otras. Los llantos de las habitaciones de los lados se mezclaban con los míos en una sinfonía macabra de mocos y gritos. No quería morir allí, pero no tenía otra opción. Así que, los días, meses o años que me quedaran de vida quería vivir con un poco más de dignidad que la de cambiar mi tiempo para un poco de comida fría y seca.

Me senté en el tronco que me hacía de sillón y saqué el bolígrafo y un trozo de papel que había guardado una semana antes de un lote de oficina que nos había llegado. Arriba del papel había tintado

Eco-Ius Consulting, abogados y economistas asociados. Los recordaba de la carretera, sobre el estanco, quien sabe dónde deben tener la sede ahora.

Mi cerebro comenzó a pensar en posibles negocios que podía llevar a cabo para salir de mi situación. Dos horas después, tres gritos de dolor a través de las paredes y una nueva habitación vacía por defenestración, el papel de los abogados todavía estaba en blanco, igual que mi mente. Me fui a dormir, pero antes de tirarme en la cama miré el atrapasueños del cabezal y le pedí si podía hacer su trabajo, que una noche de reposo me iría bien.

Naturalmente, no lo hizo, y en una hora ya volvía a oír los gritos de los vecinos con el sudor frío pegándoseme al cuerpo. Debería vender sueños bonitos que ahuyentasen las pesadillas que nos atormentaban a todos. Sueños de oro.

Y así lo hice. En una semana ya tenía lista la primera fase de mi proyecto. En una parada, al otro lado de la calle de donde la tenía Miquel, había quedado un lugar libre, y allí me instalé. Sueños de Oro, así la llamé. Y sí, venía atrapasueños certificados. Mis viajes por el oeste americano y mi año conviviendo entre tribus de indígenas me habían dado los conocimientos para poder hacer atrapasueños auténticos y no aquellas mierdas que se podían encontrar en cualquier tienda de todo a cien o a un euro o en los chinos, lo que fuera. Estos servían, atrapaban las pesadillas y las dejaban pegadas en sus redes perfectamente trenzadas para que ninguna de ellas pudiera escapar.

Mentira.

Nunca había salido de Europa y mucho menos había festejado con conocimientos ancestrales. Sólo era mi papel, y funcionó. Al menos al principio. Hasta que la gente se empezó a quejar que seguían teniendo pesadillas.

—Pues imagínate las que tendrías sin mi atrapasueños. Piensa que se deben ir atrapando poco a poco y que el amuleto también se satura.

Y aquí comenzó la segunda parte de mi plan.

—Si quieres, tráemelo, que te lo limpiaré para que siga absorbiendo pesadillas. Algún día los habrá cazado todos y serás feliz.

—¿Y cuánto me costará la broma? —me preguntaban.

—Nada, el mantenimiento es gratis.

Y me los traían, y yo me los llevaba y les decía que en tres días volvieran, que aquello requería tiempo. No podían sospechar que no hacía nada o que era una tarea fácil…

Miquel me observaba y sonreía por lo bajo. Un día cruzó la calle y me vino a ver.

—¿A cuántos has engañado?

—¡No sé de qué me hablas!

—Me contaste tu vida, sé que la historia que cuentas es falsa.

—¿Cómo sabes que lo que te dije era cierto?

—Tú mismo… Me voy que tengo clientes.

—Espera. Y si te dijera que tienes razón.

—Aplaudiría tu empuje, pero te diría que vigilaras. En un lugar sin leyes, la justicia se la coge cada uno por su mano.

—¿Y si te dijera que te necesito para sacar adelante la tercera fase del negocio?

—Te preguntaría que qué gano yo.

La cosa era sencilla: las pesadillas se pueden reciclar y convertirlas en sueños bonitos y agradables. A través de artes chamánicas podía transformar el líquido con el que limpiaba los atrapasueños en un elixir de buen sueño. Pero es algo que no quería vender, porque era peligroso. Funcionaba, pero no lo quería vender porque podía ser muy aditivo.

El peligro siempre es atrayente.

Así que necesitaba alguien que hiciera correr la voz, que cuando vinieran yo me negaría, que él intercedería y que conseguiría los Sueños de Oro.

Más mentiras.

Pero la voz corrió. Y yo me negué. Y Miquel hablaba conmigo. Y yo se los servía de estraperlo, previo un buen pago que repartía con mi socio. Y la gente dormía plácidamente.

¿Que qué eran los Sueños de Oro? Pues una infusión de marihuana, adobada con especias y zumos de fruta para disimular el olor y una pizca de tranquilizantes de caballo que había encontrado en un veterinario de las afueras.

Los clientes se acumulaban y pronto fui el camello más reputado de la ciudad. Sí, no era el único, pero yo tenía la mejor mierda, decían. Y cada día querían más y más porque la tolerancia a los narcóticos iba aumentando y las pesadillas volvían.

No mentía en lo de que creaba adicción.

Y como la alegría dura poco en casa del pobre, los tranquilizantes y la maría se acabaron, y las infusiones de otras plantas y Gelocatil no funcionaban. Así que, al más puro estilo Frankenstein, el pueblo con horcas y antorchas me vino a buscar a mi habitación de la Fonda. Conseguí huir por los pelos. Callejones y calles me llevaban a plazas y más calles. Conocer la ciudad tenía sus ventajas. Pero llegué a los límites del territorio, donde la gran valla cerraba el paso a los que querían salir, y seguí corriendo, buscando un lugar donde esconderme, arrimado al muro. Pero no encontré ninguno porque sabía que esconderse sólo significaba ganar unas horas, porque me encontrarían y me colgarían de la Porxada.

Llegué hasta la puerta por donde había entrado e, instintivamente, la empujé.

Se abrió. No sabía si salir o quedarme. En un lado muerte segura; al otro, muerte posible. Hice un paso y estaba fuera. Ningún guarda, ninguna luz enfocándome. Ningún helicóptero rastreando mis pasos.

Era el mundo exterior, el mundo de la pandemia. Y empecé a correr dejando atrás la ciudad.

Y ahora escribo este relato que no sé si nunca nadie leerá. Llevo dos meses caminando por un mundo desierto. Los cadáveres se amontonan en los arcenes de las carreteras y los animales se los comen. No queda nadie. Sólo algún grupo de scouts que caminan con sus pañuelos al cuello y sus mochilas. Dicen que sólo han sobrevivido ellos porque eran los únicos que sabían leer un mapa, utilizar una brújula, hacer fuegos de campo y comunicarse en Morse.

De esto último aún no he entendido la utilidad, pero el caso es que ellos están vivos y el resto muertos.

Más allá de esto, las ciudades confinadas. Quizás algún día iré y se lo contaré y volveremos a repoblar el mundo. De momento, sin embargo, quiero disfrutar de mi soledad. Sin miedo y sin pesadillas.

PEQUEÑAS DERROTAS

No es que el narrador quisiera estar solo, simplemente es que la familia le molestaba: el niño gritando, la mujer nerviosa, la casa cerrada. El confinamiento no lo dejaba crear. Estaba acostumbrado a pasarse el día entre aquellas cuatro paredes donde vivía y trabajaba, pero sabía que su talento se había quedado en la cabaña de montaña donde pasaban los veranos. Apartada de todo y donde el fuego se tenía que encender cada noche porque la noche refrescaba.

En aquel piso de Barcelona no se podía quedar vendiendo su don a quien le pagara algo de calderilla para escribir las líneas que ellos eran incapaces ni de empezar. Y menos entonces, que no había trabajo que le retuviera porque las empresas habían cerrado. Su grupo burbuja haría lo mismo estuviera él encerrado en su despacho escribiendo o lo hiciera cien kilómetros más al norte.

Aprovechando el pase de autónomo que le permitía moverse libremente por donde quisiera (parece mentira que por primera vez un autónomo tuviera más libertad que un trabajador por cuenta ajena), hizo las maletas y se marchó. Hacía una semana que estaba en aquella cabaña de montaña. Cuando se acordaba, respondía los mensajes que le enviaba su mujer. Incluso alguna vez habían hablado. Por suerte, la conexión deficiente de las zonas de apartadas no le permitía hacer aquellas pesadas videoconferencias a las que todo el mundo se había aficionado.

De vez en cuando, cada dos o tres días, bajaba al pueblo a comprar algo para comer y alcohol para inspirarse. Bebía para escribir. Quizás escribía para beber, pero el caso es que hacía las dos cosas. Preparaba café por la mañana para repasar todo lo que la intoxicación etílica no le había dejado ver la noche anterior. Trabajaba sin descanso en la que sería su nueva novela. ¿Tenía otras novelas? Un montón. ¿Alguien las había leído? Aparte de la familia, no. Bueno, tal vez las editoriales habían leído algunas páginas antes de escribir un cordial correo de rechazo. Pero él era un autor de culto: menospreciado por su tiempo y su gente. Su obligación era dejar un legado importante para que las generaciones futuras lo descubrieran y pasase a la Wikipedia como el gran autor olvidado de la primera mitad del siglo XXI.

El narrador trabajaba. Trabajaba sin descanso. Más de lo que pensaba que lo haría y más de lo que jamás lo había hecho. Las horas volaban y los pájaros cantaban ajenos a su creatividad y a la pandemia que, suponía, estaba matando a medio mundo. Porque, ¿a quién le importaba el mundo? Letras, palabras, frases… Aquello era lo importante. Él tampoco sabía el número de defunciones ni si el virus ya había llegado hasta Marte.

La novela era de muerte sin superación. De traumas sin cura. De decepciones sin alegrías. De depresión, de rencores y de memoria.

De culpa.

Explicar victorias siempre es más fácil. Más gratificante. Mejor. Las derrotas, en cambio, son más complicadas. Los triunfos se explican en primera persona.

Yo he hecho.

Yo he conseguido.

Yo he dicho.

Yo he pensado.

Pero las derrotas, no. Las derrotas es más sencillo escribirlas en tercera persona.

Él…

Como si no fueras tú el que las has sufrido. El que las has luchado. El que las has perdido.

Por ello, el narrador se inventó un personaje y puso en él sus defectos. Y quizás algún lunar a la altura de la cadera en forma de estrella. Quizás sus anhelos más oscuros, pulsiones no satisfechas de aquel que vive escondido en cada uno de nosotros. Quizás también puso lo que quería ser y la vida no le permitía y el papel sí. O tal vez era él mismo quien no se lo permitía. Pero comenzó a escribir la historia.

Decidió que su personaje sería escritor. Quizá no escribía *best sellers*, pero tenía un cierto reconocimiento. Estaba bebido ante el ordenador, como cada noche, escribiendo lo que sería su siguiente novela. Las letras de la pantalla formaban líneas que ni podía leer. Pero seguía escribiendo. Al día siguiente ya lo corregiría. O puede que no. Letras que formaban palabras. Frases que creaban oraciones. Los párrafos hacían capítulos.

Miró su copa. Era hora de rellenarla. Pero antes un cigarrillo. Se lo encendió y, entonces, fue consciente: cuando mejor escribía era cuando iba borracho.

En ese momento el narrador se sirvió otra copa y volvió al trabajo. No quería dejar perder un buen momento de inspiración.

Se fumó el cigarrillo en pocas caladas mientras miraba aquel texto que al día siguiente no recordaría haber escrito. Pero que seguro que era bueno. Como siempre. El alcohol y el tabaco le inspiraban. Cuando había probado de hacerlo sin, no había sacado nada bueno. Alguna frase suelta. Algún texto inacabado. Pero aquello tenía buena pinta. Si seguía aquel ritmo de vida, de mala vida, tal vez viviría poco, pero pasaría a la historia. Lo de la pantalla era su obra maestra, pensó el escritor.

Y quizás el narrador se levantó y fue al baño. Se tiene que vaciar. Y cuando vuelve se encuentra con su escritor dormido. Cree que no es momento de despertarlo. Así que decide hacer una elipsis temporal y continúa a la mañana siguiente.

El narrador se despertó en el sofá. Con resaca. El despertador había sonado hacía más de una hora. ¿Lo había parado? No lo recordaba. Oía el ruido de la televisión. Una voz profunda que narraba historias de no sabía qué. La miró y vio leones cazando. Siempre se había preguntado por qué el león era el Rey de la selva si vivía en la sabana... Pero ese no era el momento ni el estado.

Con mucho trabajo, el narrador se levantó e intentó despertar al escritor. Apagó la televisión y fue hacia la cocina. Cervezas amontonadas sobre la mesa y el cenicero lleno. El pecho cargado le indicaba la longitud de la noche. El cuello destrozado. La cabeza enturbiada. No recordaba demasiado de lo que había hecho. Tranquilamente se podía haber encontrado un enano hermafrodita con un vestido de novia y un billete de avión a Las Vegas. Nada le habría extrañado. Pero la realidad era que pasaron otra noche solos. Una más. Escribiendo.

El primer cigarrillo le quitó el dolor de los pulmones. Había dejado de fumar tantas veces... ¡Y de beber! Pero ahora no podía. Estaba inmerso en medio de algo muy grande. Así que se tomó un café. Y dos. Y tres. Todos ellos acompañados de un par de cigarrillos. Pero no sacaba ninguna línea. Estaba con encefalograma plano. Toda la inspiración de la noche se había esfumado.

El narrador fue a pasear para aclarar la cabeza del escritor, pero no funcionaba. Comió e hizo una siesta de pijama y orinal. Cuando se dio cuenta, eran las nueve de la noche. Así que se hizo cualquier cosa congelada para cenar y volvió a caer ante el ordenador buscando las ideas de su personaje. Releyó lo que había escrito la noche anterior. Algo tenía que arreglar, pero con unos toques aquí y allá podía quedar bastante bien.

El escritor, con la oscuridad de la noche, comenzó a inspirarse. Y con la primera cerveza notó que algo salía. Y con la segunda comenzó a escribir. Compulsivamente. Vomitando cada palabra desde el fondo de su alma. Página tras página. Como tocado por una varita. Las musas susurrándole a la oreja. El mismo Dios escribiendo a través de él.

Una obra de arte.

Otra cerveza.

La mejor obra de todos los tiempos.

El narrador pensó en cómo justificar al escritor, porque un personaje con tan mala vida no era un ejemplo a seguir. Un antihéroe. ¿Traumas infantiles? ¿Una ruptura dolorosa? ¿La muerte de un ser querido? Ya lo iría perfilando a lo largo de la historia. Lo importante era escribir. No quería dejar pasar ese momento mágico. Le vinieron a la cabeza Leonard Cohen, Kerouac, Hemingway... Mala vida. Genios. Todas las cosas buenas necesitan algún sacrificio.

Se frotaba el pelo compulsivamente. Pasando los dedos como si de un peine se tratara, para volverlos a dejar en lugar cuando acababa. Creía que el escritor debería debatirse entre vivir más años o que su obra perdurar eternamente. Una lucha interior. Un personaje torturado. El bien y el mal. Pecados capitales. Cielo e infierno.

Vanidad.

Veía que el escritor, en ese momento, no tenía opción. Sólo podía terminar cuanto antes la novela y recuperar la vida. Y la serenidad. Y, tal vez, las relaciones sociales. Así que siguió escribiendo. Sin pensar en su hígado y sus pulmones. Sólo bebiendo.

Y fumando. Y escribiendo.

Y el escritor se encendió otro cigarrillo. Y el narrador se puso otra copa. Y yo seguí escribiendo.

LA INCREIBLE Y VERDADERA
HISTORIA DE CÓMO EL
VIRUS DEJÓ DE ESTAR
EN NUESTRAS VIDAS Y
VOLVIMOS A PASEAR
IGUAL QUE ANTES POR
LAS CALLES DE NUESTROS
PUEBLOS Y CIUDADES

- Es suficiente. Retiradlo.

ABOUT THE AUTHOR

Autor

Oriol Font i Bassa (Granollers, 1981) se graduó en Cine y Audiovisuales en la ESCAC en la especialidad de Documental y ha cursado estudios de Derecho. Actualmente compagina el audiovisual con el periodismo escrito y la docencia literaria. Debutó con la novela  Ovejas y Mierda (2018), la primera parte de la Trilogía de J., que continuó en 2020 con Sólo los mafiosos van en chándal en la oficina. En 2019 publicó Esto no es... Una Guía Turística: 21 Lugares curiosos del mundo, su primer libro de no ficción.

Con Relatos de un confinamiento fantástico estrena en el mundo de las historias cortas.

BOOKS BY THIS AUTHOR

Ovejas Y Mierda

Un falsificador de mariposas, un cineasta dogmático, las cenizas hablantes de una abuela, un pastor, 800 ovejas y una trashumancia de cinco días. Estos son algunos de los personajes de la primera novela de Oriol Font y Bassa: Ovejas y Mierda, un roadbook rural con toques de surrealismo y de ciencia ficción. Todo él salpicado con mucho humor.Escrita en formato de falso documental, el libro cuenta la historia de Cesc, que quiere cumplir la promesa que hizo a su abuela de caminar con las cenizas hasta el pueblo donde nació, aprovechando el viaje anual de los rebaños. Eudald, un famoso documentalista y amigo de Cesc, decide hacer del viaje su obra maestra. Los objetivos de los dos se verán contrapuestos cuando Cesc se vea obligado a hacer el camino con el Nissan Patrol del pastor para cargar el material de rodaje. Por el camino, un accidente les obliga a hacer noches en un hostal de montaña. Sin nada que hacer, aflorará la frustración, la culpa y la parte más oscura de los protagonistas. Pero también habrá lugar para el amor.Y sobrevolando todo el texto, la mítica figura de Gregor Stronoiavsky, un cineasta cheque que suelta sus tesis vitales desde el más allá.

Esto No Es... Una Guía Turistica: 21 Lugares Curiosos Del Mundo

El mundo es fascinante, los poetas los vienen diciendo desde hace siglos y tienen razón.

Esto no es... Una Guía Turística no es una guía turística, como su nombre indica. Es una celebración de la sorpresa, el absurdo y la fascinación que nos transmiten 21 lugares curiosos del mundo. Son casas encantadas, hoteles imposibles, monolitos modernos, jardines llenos de monstruos, llamas eternas saliendo de la tierra, habitaciones colgadas en las alturas, casas estrechas y, en general, monumentos al imperio de la imaginación.

Acompáñanos, querido lector, por un paseo que celebra sitios donde la lógica ha caído, donde la funcionalidad ni se plantea, donde el juego, el ridículo y, a veces, la estupidez humana reina. Puede parecer mentira, puede sonar a cuento, pero no. Todo, todo, lo que leerás aquí es cierto, tan cierto como la biografía autorizada de muchos políticos. Porque este es un mundo extraño y a veces incomprensible, y queremos brindar por ello contigo.

Como dijo el gran poeta Ciriano Plubio Nasón "Cuanto más veo, menos entiendo, pero mejor me lo paso".

Sobre 21 Lugares Curiosos del Mundo, se ha dicho:

"Lo más divertido que me has leído antes de ir a dormir"
Descendiente de uno de los autores.

"Una soberana tontería, de verdad"
Fístulo Bajón, Presidente de la Asociación de Tristes y Cenizos

"Un libro indispensable
"Máximo Acreedor de la editorial.